LE
TABLEAV FVNESTE
DES HARPIES DE L'ESTAT
ET DES TYRANS DV PEVPLE.

ET NOTAMENT CELVY DE LEVR PRINCIPAL Chef, contenant les plus grands maux qu'il a commis dans l'Europe.

I. L'auersion que luy & les siens ont tousiours eu contre les François, comme estans Espagnols naturels.

II. Les pernicieux enseignemens que son Pere Porcini luy a donnés.

III. Le notable assassinat commis dans Rome par ses menées, sur la personne du Sieur Francisco Pamphilio, nepueu du Cardinal de mesme nom, tenant à present le Siege Apostolique, sous le nom d'Innocent X.

IV. Sa deputation à Cazal par le Pape Vrbain VIII. apres ledit assassinat, où il seruit la Couronne d'Espagne plus que celle de France.

V. Sa venuë en France à la suite du Cardinal de Richelieu, qui le mit dans l'esprit de Louys XIII. d'heureuse memoire.

VI. Sa promotion au Cardinalat, contre les resistances du Pape & des Cardinaux.

VII. Son Ministere en France apres le deceds de Louys XIII.

VIII. Ce qu'il a fait contre la Maison de Vandosme.

IX. Ce qu'il a fait contre la Maison de Condé.

X. Ce qu'il a fait contre les Parlemens.

XI. Les guerres qu'il a fomentées dans tous les Estats, pour son seul interrest.

XII. Son ingratitude enuers la France, assistant maintenant ses ennemis par ses conseils & les thresors qu'il luy a volez.

En fin l'Abregé de ses plus notables actions, diuisé par Iournées & Entretiens d'vn Gentil-homme François & d'vn Venitien.

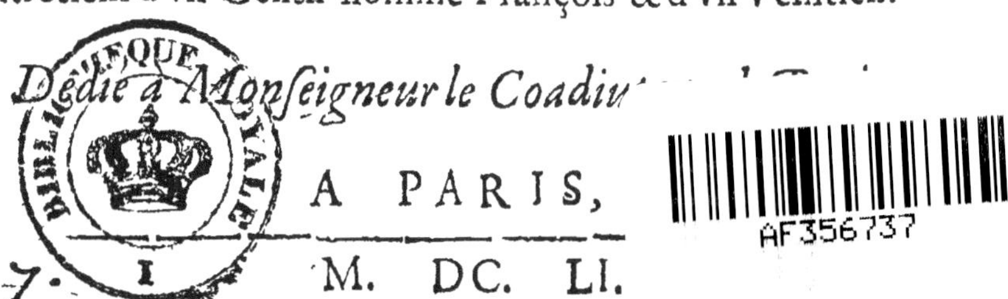

Dedié à Monseigneur le Coadiu...

A PARIS,

M. DC. LI.

(C.)

A MONSEIGNEVR L'ARCHEVESQVE DE CORINTHE, ET COADIVTEVR DE PARIS.

ONSEIGNEVR,

I'ay deu auoir iuste suiet d'apprehender que vous n'ap-
prouueriez pas le dessein que i'ay pris de vous dedier dans
ce petit volume, l'Histoire du Cardinal Mazarin,
que i'ay entrepris d'exposer au public, dans toutes les plus
viues couleurs qu'il me sera possible, & luy representer
ses actions, auec autant de naïfueté qu'il les a faites
auec artifice, fourberie & deguisement. Et certaine-

ment, MONSEIGNEVR, ie serois le plus coupable du monde, si faisant l'Histoire du plus pernicieux homme de la nature, i'osois vous le proposer pour modele & pour exem-
ple : bien au contraire, comme l'experience nous fait tou-
cher au doigt les veritez qui se retreuuent dans la nature,
& que les couleurs ne paroissent iamais auec plus d'esclat & plus de relief que lors qu'on les fait voir dans
vne iuste distance, aupres de leurs contraires ; de mesme,
si ie ne craignois de paroistre trop complaisant, ie vou-
drois faire grauer des medailles, où d'vn costé l'on ver-
roit vostre effigie, & de l'autre celle du Cardinal Mazarin, à l'imitation de ces Anciens qui eurent bien la curiosité de grauer sur l'airain, l'image du grand Hercule,
la terreur des monstres de la terre ; & le plus vaillant
homme du monde, & sur le reuers celle d'vn Thersite, le
plus lâche personnage qui ait iamais esté sous le Ciel : Et
les Romains pareillement en firent imprimer dautres, où
d'vn costé l'on voyoit la teste d'vn oignon, & de l'autre
vne tres-belle rose, tout a fait differents dans leurs qua-
lités, puisque celuy-là est tres-insuportable à la veuë, &
fait pleurer tout le monde ; & celle-cy au contraire, est
tres-agreable à voir, & récrée les yeux d'vn chacun dans
vn beau iour Printanier, pour nous montrer sans doute
par là le meslange qui se fait dans ce monde du bien & du
mal, & que la vie des meschans est tousiours pesle-mes-
le auec celle des bons. Ie pourois neantmoins sans trop de
complaisance, opposer à sa cruauté & à sa tyrannie vostre douceur, & la tendre affection que vous auez tousiours

ſtours eu pour le peuple de Paris ; à ſon auarice extreſme vô-
ſtre grande liberalité ; à la baſſeſſe de ſon ſang & à ſa vi-
le extraction, voſtre grande naiſſance , & voſtre Illuſtre
Nobleſſe ; à ſon abſurdité & à ſon ignorance, voſtre ſcience & voſtre doctrine ; à ſes fourberies & à ſes trahiſons,
voſtre candeur & voſtre fidelité ; à ſes voleries , la net-
teté de vos mains ; à ſes ſimonies, l'innocence de voſtre cœur ;
à ſa laſcheté, voſtre conſtance ; à ſa beſtiſe , voſtre grand
eſprit ; & à ſa dignité, dont il eſt tres-indigne, l'honneur que
vous auez d'eſtre Preſtre, celuy de Docteur de Sorbonne,
d'Abbé, & de Prelat de l'Egliſe, & vn iour celuy d'Arche-
ueſque de la premiere ville du monde , apres lequel vous ne
pouuez rien ſouhaiter ny rien pretendre de plus beau , de
plus honneſte , de plus illuſtre & de plus honorable. Ne
rougiſſez point , MONSEIGNVR , ie ne dis que la verité toute pure & ſans aucune flaterie : millefois ie me ſuis
veu remply d'eſtonnement , conſiderant comme voſtre eſprit a touſiours demeuré ferme & ineſbranlable à ſes ſu-
percheries & à ſes allechemens : Et comme vn rocher au
milieu des flots de la mer , ſe mocque de tous leurs vains
efforts, ainſi vous auez regardé auec mepris l'éclat de ſes
grandes richeſſes & les faueurs de ſa vaine fortune : bien
eſloigné des laſches ſentimens de ces petits meſchans eſprits
indignes du nom François , & de la dignité qu'ils portent,
qui remplis de fumée & de vent, ont par ſoupleſſe & par
dol, plie le genoüil deuant luy , & ont adoré ce veau d'or,
meſme pendant le blocus de Paris , luy ont ſeruy de con-
ſeillers & d'eſpions ; & par ce moyen ont eſté les cruels in-

ē

ſtruments de ſa tyrannie & de ſa cruauté. Ie diray vn mot
du ſiege de Paris, puiſque l'occaſion s'en preſente. On vous
a veu ſous les armes, MONSEIGNEVR, à la teſte de vos
Regimens que vous auez entretenus, & pour les entrete-
nir, auez employé ce que vous auiez de plus cher. Vos en-
nemys s'en ſont eſtonnés & s'en ſont voulu mocquer ; mais
les gens de bien, & ceux qui ſçauent iuger des actions d'autruy ſans intereſt & ſans paſſion, vous ont regardé com-
vn Aaron parmy les dangers, conduiſant le peuple de Dieu
dans l'inconſtance des mers & l'obſcurité des deſerts ; Cependant qu'vn autre grand Perſonnage de noſtre France
eſtoit leur Moiſe & leur Protecteur. Pour moy ie vous
conſiderois auec admiration comme vn bon & fidelle Pa-
ſteur autour de ſon Bercail, conduiſant auec grand ſoin voſtre troupeau, & le nourriſſant de vos biens & de vos con-
ſeils. En vn mot, on peut dire ſans vous trop loüer, que
vous auès reſiſté auec tant de vigueur à tous ſes mauuais deſ-
ſeins, & ſi genereuſement contrequarré toutes ſes perni-
cieuſes maximes, que vous eſtes l'eſceüil, contre lequel il
a eſchoüé & fait ſon dernier naufrage. Vous auès frondé
auec tant de droit & de iuſtice, que comme vn autre Da-
uid, vous auès abbatu ce Geant, & coupé la teſte à cét
autheur de nos ſouffrances & de nos miſeres. Frondez
touſiours, MONSEIGNEVR, frondez iuſques au bout
& ſans relaſche, abbatés entierement les teſtes de cette
Hydre renaiſſante ; couppés les branches à ce funeſte Cy-
prés, & iamais on ne verra de ſes reiettons. Les femmes d'Iſraël autrefois chantoient publiquement les loüan-

ges de leurs Roys, apres leurs glorieuses victoires ; vn,
disoient-elles, en a tué mille, mais l'autre par la seule
force de son bras en a fait mourir dix mille. Nous pour-
rons dire dans nos histoires, que de ce seul coup d'essay vous
auez abbatu la teste d'vn million de fripons , de harpies
de l'Estat, de sangsuës du peuple, & de mengeurs de Chre-
stiens, qui suiuant la fortune de ce Tyran par leurs partis,
presls, monopoles, intendances & inuentions diaboliques,
ont entierement desolé nos Prouinces, & ruiné sans resour-
ce nostre pauure France. Frondez encor vne fois, MON-
SEIGNEVR , & ioignant la iustice de l'Eglise , au pou-
uoir de la Noblesse; pourchassez vigoureusement l'Erection
& l'establissement d'vne Chambre de Iustice , pour faire rendre gorge iusqu'au dernier denier à ces cormorans qui
ont tout l'argent & les finances de l'Estat. Toute la France benira vostre memoire plus d'vn siecle; les gens de bien
vous regarderont comme vn homme descendu du Ciel; comme vn Antigone parmy les Grecs , & comme vn Caton
parmy les Romains; Et le Roy mesme reconnoissant vn
iour les bons seruices que vous aurez rendus à son Estat,
ne vous en aura pas de petites obligations. Mais pour faire vne parfaite entithese des belles qualitez du Mazarin,
ie pouuois faire paroistre sa vanité & son extresme super-
be, que tout le monde a remarqué dans ses armoiries, où il
a exposé vne hache , parmy des faisseaux , qui sont les
armes des Romains; autrefois les Arbitres & les Souue-
rains de toute la terre; bien contraire veritablement aux
sentiments d'humilité qu'eust cét Euesque de Mayence,

qui estant sorty d'vn Charron prit pour ses armes des rouës, & des essieux. Luy qui est la haine du peuple & le rebut de toutes les nations, qui ne treuue point d'azile ny de retraite asseurée en aucune contrée de la terre, pource que c'est l'ennemy de la paix generalle, & le fomenteur des guerres de l'Europe. En vn mot, MONSEIGNEVR, si cette verité de la morale passe pour infaillible dans l'ordre des actions humaines : que la fin est la premiere intentée, & la derniere executée : mon dessein a esté dans le commencement de ce petit ouurage de preuenir dans vostre esprit les sentimens, dont les grands sont imbus, s'immaginans que les autheurs qui leur consacrent leur trauail, n'ont point d'autre but que l'espoir du lucre, & de la recompense. Ie vous supplie tres-humblement de croire, que ie n'ay iamais eu le cœur si lasche & si mercenaire, qu'en tout ce que i'ay trauaillé, i'ay eu seulement la pensée de rien esperer, ny de rien pretendre ; que ie trauaille pour ma satisfaction & pour la posterité ; & enfin que ie ne recherche en tout cecy que l'honneur de vos bonnes graces, dans la confiance que i'ay, que vous offrant mes tres-humbles respects, vous me permetrez de prendre la qualité de,

MONSEIGNEVR,

Vostre tres-humble & tres-obeissant
seruiteur, S. C. sieur D. P. &
l'Anti-Mazarin.

AMy, ou Ennemy Lecteur, qui que tu fois, Royalifte Frondeur, bon Parlementaire: ou Cardinalifte, Mazarinifte, Partialifte, Machiauelifte, Atheifte : ou Molinifte, Ianfenifte : bref toute la lifte des Partifans, Maltotiers, monopoleurs, donneurs d'aduis, Prefteurs, Vfuriers, Traittans, Soutraitans, Commis, fous Commis, Hommes d'affaires, Intendans, Surintendans, Fuzeliers, Harpies de l'Eftat, Sangfues du peuple, Antropophages, Mangeurs de Chreftiens, Peftes des Prouinces, Potyrons d'efté venus de neant, Suppots du Partifan la Ralliere, Mefureurs, Iaugeurs, Marqueurs, Courtiers du vin, Rats de caue, Maltotiers fur le fel, fur le bois, fur le charbon, fur l'auoine, fur le foin, fur le papier, fur les cartes, fur le pied fourché fur les beftes a corne (fans y comprendre les hommes à corne) Maltotiers fur toutes les denrées, œufs, beurre, fromage qui entrent par les quinze-vingts portes de cette Ville, pour feruir d'aliments à tant de millions d'ames qui viuent dans cet incomparable racourcy de l'Vniuers, enfin hommes & femmes, qui ont apris A. B. C. Aux vns honneur, paix & benediction, aux autres infamie, guerre & malediction. Si tu me demande mon nom, ie te refpons que ie me furnomme l'anti Mazarin, & comme la memoire de l'Antechrift eft tres odieufe à tout le Chriftianifme, en general & en particulier, quoy que cette engence de demons ne foit pas encore dans la nature pour combales veritez Euangeliques de l'homme le plus iufte qui ait iamais efté ny pû eftre dans le monde : ainfi ie pretends en quelque façon de laiffer ma memoire dans le cœur & dans l'eftime de tous les bons François, pre-

sans & auenir, non point par autre raison, sinon que ie
leur ay fait imprimer la vie du plus meschant homme
qui ait iamais conuercé parmi eux, du plus mortel en-
nemi qui ait iamais espuisé leurs biens & leur sang, &
du plus inique tyran, qui depuis treze cens ans ait tenu
ny manie le timon de leur Estat; & à mesure qu'ils dete-
steront Mazarin en lisant les veritez de ma poësie, à
mesme temps aussi leur bien veillance & leur amitié re-
dondera sur l'Anti-Mazarin, lors mesme qu'il sera
dans les spacieuses Villes, Citez & Vniuersitez de l'autre monde. Si ta curiosité te porte à vouloir sçauoir
qui ie suis, ie te diray en peu de mots, qu'autrefois
i'ay esté homme d'espée, maintenant de robbe longue,
mais faute de chaise ou de carosse, mais non pas de
crotte, ie vay le plus souuent en habit court. Pour les
qualitez de mon esprit, elles sont si petites, qu'elles ne
meritent pas ton entretien; mais maistresses passions
sont l'amour de la musique, du ieu, & des belles choses; Enfin pour les qualitez de mon corps, la nature a
esté si peu liberale en mon endroit, qu'elles sont plutost
laides qu'agreables, sinon peut-estre que i'ay le nez à la
Borromée, la bouche assez grande pour aualer vn
grand verre de vin tout d vn trait & sans perdre ha-
laine, les cheueux noirs, & la main plus propre à don-
ner qu'à receuoir, suiuant l'humeur chaude & prompte
du pais Lionnois. Voilà l'Anti-Mazarin qui t'expose
en vers François, non burlesques, l'Histoire de la vie
du Cardinal Mazarin, contenant tout ce qu'il a fait en
France, qui est le triste theatre de sa cruauté & de sa tyrannie. Si tu m'opposes pour raison que tout ce qu'on
sçauroit dire sur ce suiet à esté desia rebatu dans mille
pieces qui ont couru par tous les carrefours de cette
Ville, & d'icy se sont dispersées par tout le monde? ie
te respons que tout ce que tu as veu, soit en prose, soit en
vers burlesques ou autres pieces detachées de diuers
Autheurs, tu le pourras auoir dans vn seul volume &

par la main d'vn seul Autheur, dont peut estre la Poësie, te satisfera dans la declaration naifue des actions
de ce Tyran François. Dans le premier trait de pin-
ceau, tu verras les faits heroiques de son ayeul & de son
pere, les pernicieux enseignemens que celuy-cy luy a
laissé pour paruenir à vne haute fortune, tirez sans doute de l'Aretin ou du Machiauel. Dans la suitte ie n'ou-
blieray pas d'y inserer les iniures atroces qu'il a vomy
contre les iustes Senateurs de cet Auguste Parlement,
leur donnant faussement les qualitez de Farfax & de
Paricides : Et encore apres celà, les voleurs de Maza-
rins, les Partisans de sa fortune, & les Monopoleurs,
esperent & publient hautement qu'il reuiendra encore
vne fois dãs Paris, & qu'il y fera bien couper des testes,
& que si iamais il y reuient &c. Mais ie m'enporte icy,
Amy Lecteur, ie te prie d'excuser mon zele. En vn
mot sur ce suiet, i'espere de composer vn liure aussi
gros que Plutarque, ou le Saint Augustin, que tu
pouras receuoir par diuerses reprises, & en plusieurs
feüilles d'abord qu'elles sortiront dessous la presse :
quoy que ces iours passez quelques certains Inqui-
siteurs de la foy Mazarine, ayent fait defences aux
Imprimeurs de ne rien publier contre Iules Mazarin,
disans qu'il ne falloit plus parler contre cet homme là,
qu'on en auoit asses dit, & qu'on n'en sçauroit dire d'a-
uantage, menaçans de faire pendre & roüer les con-
treuenans ; & en effet au mesme temps quelques
vns diceux trouuant la coppie d'vne piece que ie fis publier dernierement, l'emporterent malgré tous les efforts de mon Imprimeur : i'estois absent, Amy Lecteur, lorsqu'ils rauirent d'entre ses mains les produ-
ctions & les chers enfans de mon esprit, & si peut-estre
ie m'y estois rencontré, ie n'aurois pas moins fait qu'-
ne lionne qui voit enleuer ses lionceaux par vne troup-
pe de chasseurs. Ie rencontray mon ouurier plus épou-
uenté qu'vn lieure qui vient d'eschaper d'entre les pa-

tes d'vne meutte de chiens Quoy (luy difie) pou
l'affeuier, il ne me fera pas peimis d'écrire & faire im
primer contre vn homme qui a efté banny de la Franc
comme vn voleur & par Arreft du Parlement, exco
munié dans les Paroiffes comme vn demon, & pro
clamé à fon de trompe par tous les carrefours de cett
ville, comme le plus infame fcelerat qui ait iamais re
gardé le foleil, dont les rayons ne l'ont iamais éclaii
qu'à regret, & parce qu'il conuerfoit parmy d'autres hô
més peut-eftre meilleurs que luy. Eternellement on de
clamera contre cet ennemy de la France, & quand le
hommes fe tairont, les pierres mefme parleront contr
luy & contre tous ces adherans. Enfin ie le perfuada
fi bien qu'il reprit fes efprits, mit la main à l'œuure, &
fe refolut d'acheuer mon trauail & le fien. Voilà tou
ce que i'auois à te dire fur ce fujet: la feule grace que i'at
tens de ta courtoifie, c'eft de corriger hardimen
mes fautes, qui font en plus grand nombre mille foi
que celles de l'Imprimeur. Adieu Amy Leƈeur,
toy feul foit honneur, paix & benediƈion ; & à mo
ennemy infamie, guerre & malediƈion.

LE
TABLEAV FVNESTE
DES HARPIES DE L'ÉSTAT
ET
DES TYRANS DV PEVPLE.

Le Gentil-homme François.

Rand Dieu, mon extreme foiblesse
Fait que i'adore tes Conseils,
Tes iugemens sont nompareils
Et tes Arrests pleins de sagesse:
Mon œil trop foible & trop pesant
Se perd au dela du presant,
Et regardant l'ordre des causes
Que ta main dispose en leurs rangs,
Il voit que dans les moindres choses
Elle abbat l'orgueil des plus grands.

Toute la preuoyance humaine
Voit auorter tous ses desseins,
Si tu ne la tiens dans tes mains
Comme vn Aueugle que l'on meine:
Les clair-voyans sont des Hibous
Et les plus sages sont des fous;
Ils perissent dans leurs maximes
Apres vn lâche repentir,
Et toutes leurs grandeurs sublimes
Ne sçauroient les en garentir.

A

Le Venitien.

On connoift bien fans voir la fuitte
De voftre difcours affecté
Qu'il eft lâchement concerté
Contre Mazarin & fa fuite;
A l'efpreuue de vos chanfons,
De vos vers en mille façons
Il lit vos Sentences friuoles,
Cent Arrefts d'ici , de Bourdeaux,
Et tout chargé de vos piftoles
Il fe mocque de vos rondeaux.

Le Gentil-homme François.

A voir ta mine bafanée,
Et tes fens de crainte efbays,
On iuge bien de ton pays
Et de ta perfide lignée;
Tu portes le front d'efpion,
Mais fi tu romps ma queftion
Par vne autre feconde inftance,
Tu pourrois bien en peu de iours
Fumant le pied d'vne Potence
Seruir de pafture aux Vautours.

Ceux de ta nation funefte
Ne feront plus les bien venus,
La France les hayra plus
Que le poifon ou que la pefte:
Dépouillez plus nuds que la main,
Pendus du foir au lendemain,
Chacun rauy de leur fupplice
A chaque moment ira voir
Si dans la Gréue on fait iuftice
Ou bien à la Croix du Tiroir.

Le Venitien.

De grace honneſte Gentil-homme
Apprenez dans mon entretien
Que ie ſuis moins Sicilien
Que vous n'eſtes natif de Rome,
Seulement ſans vous emporter,
Prenez le ſoin de m'eſcouter,
Et vous verrez dans vn memoire
Minuté par des bons eſprits
Tout l'entier ſubiet de l'Hiſtoire
Que vous meſme auez entrepris.

I'ay couru l'vn & l'autre Pole,
I'ay veu deux fois tout le Leuant,
Si ie ſuis deuenu ſçauant
Ce n'eſt pas au fond d'vne eſcole:
Mes Cheueux ſont deuenus gris
Par le grand trauail que i'ay pris;
Ma dexterité ſans eſgale
A découuert le beau ſecret
De la pierre Philoſophale,
Et du mouuement ſans arreſt.

Tout ce que l'art & la nature
Ont de beau, de rare & d'exquis
Mes plus grands ſoins me l'ont acquis
Les autres l'ont par la lecture.
I'agis par pratique & par art,
Ie n'expoſe rien au hazard:
Ie treuue dans ma medecine
La gueriſon des plus grands maux
Par les herbes, par leur racine,
Ou par la Chair des animaux.

❧❦❧

D'vn Lezard la peau marquetée
Ie conſerue depuis long temps,
Ie le ſurpris dans le Printemps
Preſque auſſi-toſt qu'il l'euſt quittée.
C'eſt le remede du haut-mal,
Mais cét enuieux animal
Sçachant par l'inſtinct de nature
Qu'il eſt ſouuerain aux humains
Le deuore, en fait ſa paſture
Pour le rauir d'entre nos mains.

❧❦❧

Sans medecine & ſans oppiate
Ie gueris la fiebure en deux iours,
En trois mots i'arreſte le cours
De mal de poulmon, ou de rate.
La goutte, le farcin des yeux
Sont les maux que i'ôte le mieux;
La gueriſon de la grauelle
Eſt vn effet de mes onguens,
Et d'Eymeri le Particelle
S'en eſtoit pourueu pour vingt ans.

❧❦❧

Mal de Colique Nephretique,
De Reins, de Ventre, d'Eſtomac,
(I'ay la boëſte de Cotignac
Mais c'eſt pour la Dame impudique)
Mal de Naples depuis vingt ans
Ie le gueris dans vn Printemps:
La blanche & la noire magie
Et l'art de rappeller les morts
(Sans pourtant leur rendre la vie)
Eſt vn de mes moindrès efforts.

Pour

Pour éternifer mamemoire
Par vn beau fecret inuanté
Ie monftre vn miroir enchanté
Que i'ay formé fur le grimoire.
Enfin ie fuis maiftre de l'art
Quoy qu'habillé comme vn pendard;
Et pour en faire experience
Ie vous monftre pour deux efcus
Cet art de gaigner à la chance,
Au Hoc , à la Prime & au Flux.

Le Gentil-homme François.

Qui m'ameine cet Empyrique,
Ce vieux Charlatan deguifé?
Vrayement il eft bien aduifé
De m'eftaler fon art magique;
Va fripon , fupoft des demons
Va t'en haranguer fur les pons,
Couper la bourfe fous la luppe
Ou bien ioüer des gobelets
Croirois tu me prendre pour duppe
Et m'attraper dans tes filets.

Ie croyois qu'il me d'euft inftruire
De quelque nouueau foubriquet,
Mais i'ay bien veu dans fon caquet
Qu'il ne tendoit qu'à me feduire :
C'eft vn gueux , vn pauure indigent
qui ne butte qu'à de l'argent;
Il a la boüefte de Pandore,
Et les drogues de Tabarin :
Quoy que s'en foit voyons encore,
S'il ne connoift point Mazarin.

Le Venitien.

I'ay parcouru dans l'Italie
Tout le pays Venitien,
Le Genois , le Ligurien,
Auec toute la Romanie,
Lorette & le Mont - Auentin ,
Le plus beau du pays Latin,
La haute & la baſſe Sicile,
Tous les villages , tous les bourgs,
Ie ſçay le nom de chaque ville,
Et celuy meſme des faux-bourgs.

I'en puis diſcourir par routine,
Et ſans paroiſtre des plus vieux
I'ay reconnu tous ſes ayeuls,
Et ceux dont il prit origine:
Son pere fut vn aſſaſſin ;
Et ſon ayeul par vn larcin
Dans Caſtro meritant la Corde
A Genes eut eſté conduit,
Si par où la grand-mer aborde
Il ne ſe fut ſauué de nuit.

On croit que ce fut par l'intrigue
D'vn batteleur Egyptien,
Qui par l'art de magicien,
Briſa les portes d'vne digue ;
Ainſi dans cêt heureux moment
Il euita le chaſtiment
De ceux qui pour vn crime atroce
Souffrans mille tourmens diuers,
Meurent dans vne baſſe foſſe
Mangez des ſerpans & des vers.

Son fils ne fut pas moins coupable,
Lors que par vn aſſaſſinat
Il fallut qu'il ſe retiraſt
De Genes , comme vn preuoſtable;
De ce lieu , d'où il eſt natif
Il ſe ſauua ſur vn eſquif
Dans vne ville de Sicile;
C'eſt Mazare d'où Mazarin
A pris ſon nom ſuiuant le ſtile
D'vn Poſtillon , où d'vn faquin.

Et quittant le nom de ſa race
Funeſte & par trop odieux
Par les crymes de ſes ayeuls
En reprit vn autre à ſa place.
L'à ſon pere touſiours meſchant
Leua boutique de marchand   *Chapelier.*
Qu'il a du depuis exercée;
Et Mazarin pour tout party,
Trouua ſa main ſi bien verſée
Qu'il fut valet de Sachetti.   *Cardinal Sacheti.*

I'ay connu Porcini ſon pere,
Qui ſous vn front fier & hagard
Porte tous les traits d'vn pendard
Que la pauureté deſeſpere
Orgueilleux , ſuperbe , arrogant,
Son nez camus-vilain , morgant
Fait parroiſtre encor dans ſon ame,
Qu'il fut capable du forfait;
Qui le deſtinoit à la rame
Du moins s'il n'euſt eſté deffait.

‡

Il m'auoüa que ses ancestres
Ont toussours hay les François
Et que dans Naples autrefois
Vn deux estoit parmy ces traistres,
Qui seruoient les Napolitains
Au iour qu'ils tremperent leurs mains,
Dans le sang de vostre noblesse
Où lors qu'ils estoient moins gardez
Par ses Conseils & son adresse
Huit mille furent poignardez.

‡

Tout ce que vostre oreille escoute
Nous l'apprenons de pere en fils,
Ie sçay (dit-il) le iour prefix
De cette sanglante déroute.
Depuis ce glorieux iournal,

Qui fut à tant d'hommes fatal
On appelle nostre Italie
Vne mer , vn funeste escueil,
Ou cette nation polie
Fait rencontre de son Cercueil.

‡

Naples pour lors estoit aimable
N'eust esté le ioug du François
Qui par ses insolentes loys
Rendoit ce lieu desagreable:
Le meurtre n estoit point vangé,
Le bourgeois estoit enragé
De voir qu'il enleuoit sa femme
Et sans qu'il osast dire mot
Le traitoit de b:::::::: , d'infame
De fou , de cornard & de sot.

Enfin

Enfin ſa mort fut concertée,
Toute la ville fut d'accord
Qu'il valoit mieux ſouffrir la mort
Que de viure ſi mal traitée.
De mon ayeul les bons aduis
De point en point furent ſuiuis:
Cependant ſur cette entrepriſe
Dans le vin & parmy les plats,
Sans leur deſcouurir ſa ſurpriſe
Il viuoit auec les ſoldats.

Vn iour que leurs chef par meſgarde
Plus fiers, plus beaux & plus muguets,
Sans crainte qu'on fut aux aguets
N'auoient point redoublé leur garde;
Chacun viuoit en ſeureté
A cajoller quelque beauté,
Et lors que l'amour les tranſporte
Le bourgeois ſort de ſa maiſon
Et ſe ſaiſiſſant d'vne porte
Eſt maiſtre de la garniſon

D'abord la fureur & la rage
Arment ſes mains de gros Couſteaux
Et criant la mort des Crapaux
Il cherche les lieux du carnage,
Il ne reſpire que le ſang,
La grande Eſgliſe eſt vn eſtang
Plus rouge que n'eſt l'eſcarlatte,
Et les Correfours pleins de Corps
Semblent la grotte d vn pirate
Qui ſe paiſt de la chair des morts.

❧

Enfin acharné fur fa proye
Pire qu'vn Lion tout fanglant,
Il fait vn rauage plus grand
Qu'autrefois on ne fit dans Troye,
Et le foldat du vieux Gregeois
Fut moins cruel que ce bourgeois,
Qui renouuelant fa furie,
Dans l'enceinte de fes maifons
Des Fran- Fit vn eftrange boucherie
çois & des De ces deux nobles garnifons.
Suiſſes.

❧

Porcini dans cette iournée,
Se fignala par fes exploits
Il fit mourir plus de François
Qu'il ny a de iours dans l'année:
Là tous leurs efforts furent vains,
Là dans le fang des plus hautains
Il porta fes deux mains fatales;
Et pour l'apprendre par autruy
Vous pouuez voir dans nos Annales,
Comment elles parlent de luy.

❧

Il eft certain, & ie l'auoüe
Que le fer de fon bras puiffant,
En fit trepaffer plus de cent
Qu'on trainoit apres dans la boüe:
Et brifant là fon entretien
Il fut (dit-il) Sicilien,
Sa famille eft des anciennes;
Si iamais on vous fait recit
De vos Vefpres Sicilienes
Racontez tout ce que i'ay dit.

Eſmeu d'vñ diſcours ſi funeſte
A peine pouuois-ie le voir,
Et neanmoins ſans meſmouuoir
Ie luy dis d'acheuer le reſte :
Il ſe teuſt s'en plus diſcourir,
Et moy faſché iuſqu'au mourir
D'auoir eſcouté ces allarmes,
Mon cœur fut ſaiſi de regret,
Et mes yeux tous moüillez de larmes
Que i'allay repandre en ſecret.

Le Gentil-homme François.

Vrayement voſtre diſcours m'eſtonne,
Et ie vous demande pardon,
De vous auoir donné le nom
Decette nation friponne,
Ha ! qu'on ne connoiſt pas à voir
Vn homme qui à du ſçauoir,
Et quoy que ſa ſcience eſclatte
Il eſt ſous des meſchants habits,
L'ignorant eſt ſous l'eſcarlatte
Tout chargé d'Or & de Rubis.

Sans interrompre voſtre hyſtoire
Et voſtre agreable entretien,
Souffrez que i'eſtale du mien
Vn trait bien digne de memoire,
Si les ayeuls du Cardinal
Autrefois nous firent du mal
En maſſacrant noſtre nobleſſe,
Leur fils nous en fait plus ſouffrir
Lors que ſous main & par ſoupleſſe
Il taſche à nous faire mourir.

✳✳✳

Il a deserté nos Prouinces;
Aux champs on y meurt à milliers,
Prend les biens des particuliers
Sans mefme efpargner ceux des Princes.
Enfin il veut perdre l'Eftat;
S'il n'a le nom de Potentat
Du moins il tient le diadéme;
C'eft vn Tigre, c'eft vn Dragon
C'eft vn Ciclope, vn Polipheme,
Vn Tyran de fait & de nom.

✳✳✳

Mais obligez moy de reprendre
La fuitte de voftre difcours,
Ie ferois les nuits & les iours
Sans m'ennuier de vous entendre:
Voftre efprit n'a rien inuenté
Sur le point de fa paranté,
Chacun fçait bien quel fut le pere
De ce grand inuenteur du Hoc.

Le Venitien.

Vous fçaurés connoiffant fa mere
Toute fa race & fon eftoc

✳✳✳

C'eftoit la done Caballine
Qui fut belle femme en fon temps,
Elle pouuoit auoir vingt ans
Quand ie la connus dans Meffine;
Vous dire fon extraction,
Sa naiffance, fa nation
Seroit vn fubiet de rifée,
Elle auoit plus d'vn fauory
Et cent autres l'auoient baifée
Auant que d'eftre à fon mary.

Eftant

✤✤✤

Estant par l'hymen asseruie
Soubs le ioug de cet Artisan
Elle eut toussiours vn Courtisan
Au gré des plaisirs de sa vie :
Si de l'arbre on iuge du fruit
Voyez celuy qu'elle a produit,
Et sans demantir le prouerbe
N'esperez pas au renouueau
Ny bon suc d'vne mauuaise herbe
Ny bon œuf d'vn meschant Corbeau.

✤✤✤

Il fut meschant toute sa vie :
Dés l'aage de cinq ou six ans
Nourry parmy des Artisans
On le vit enclin à l'enuie ;
Son pere par trop indulgent
Souffroit qu'il iouât de l'argent
Au Berlan, au Flux à la Prime
Et par là son esprit ioüeur
Receut la teinture du crime
Plustost que celle de l'honneur

✤✤✤

Mazarin (luy disoit) son pere
Escoute mon fils, m'a leçon
Aprens à faire le poison
Du corps venimeux d'vn vipere ;
L'arcenit est trop violent,
Celuy-cy plus foible & plus lent
S'empare du cœur & le tüe,
Et cachant l'autheur du forfait
Le malade en vain s'euertuë
Il meurt tout pasle & tout deffait.

Beaux en-
seignemens
donnez à
Mazarin
par son pere
Porcini.

D

Retiens de moy cette maxime,
Et dont ie ne puis m'oublier,
Si l'honneur ne peut s'allier
Auec ton bien , recours au crime.
Tous ces scrupuleux sont des fous,
Ils meurent de faim à genoux,
En recitant leur pate-nostre ;
Soit en beuuant , soit en mangent,
(Pour moy ie n'en connois point d'autre)
N'adore que le Dieu d'argent

La Religion est la ruse
De la police des Tyrans,
Par là le peuple craint les grands
Sous ce grand esclat qui l'amuse.
Dans ton ordinaire traffic
Sous l'œil cruel d'vn Basilic
Porte le cœur d'vn Crocodile ;
Pour appuyer ton interest ,
Courtray Ne crains point de perdre vne ville
Ouuertement , ou en secret.

Il est ignorät. Sans te soucier de doctrine
Apprens de bon heure à piper,
C'est le moyen de s'esquiper
Et de faire bonne cuisine:
Si tu veux deuenir sçauant
Fay plier ton esprit mouuent
Aux changemens de la fortune,
Suy tousiours la faueur des grands
Si quelque mal'heur t'importune
Tu les pourras prendre à garands.

✳

Pour de l'argent fers de Mercure,
Porte hardiment le poulet,
Et ne fains point d'estre valet
De ces nourriſſons d'Epicure.
Apprens l'art de te faire aymer
Des femmes , & pour les charmer
Sers toy de quelque caractere:
Aime touſiours la noūueauté,
Et ſans te rendre tributaire
Fais fortune par ta beauté.

✳

Bien loin de ton pays auare
Et de ta baſſe extraction,
Pourchaſſe vne autre nation
Voy la plus douce & la plus rare;
Le François paroiſt fort humain;
Là tu pourras faire ta main ;
Cette nation eſtrangere
Entre toutes, me plaiſt le plus,
Qu'importe qu'elle ſoit legere,
Pourueu qu'elle ait bien des eſcus.

✳

Garde enfin toutes mes paroles,
Fuy la fortune des guerriers,
Te veux tu charger de Lauriers?
Ne fais la guerre qu'aux Piſtoles.
Ainſi tu pourras ſans erreur
Regir l'Eſtat d'vn Empereur,
Ainſi tu ſeras habille homme :
Va , ie te ſouhaite la Paix
I'eſpere qu'vn iour dedans Rome
Tu me baſtiras vn Palais.

O Dieu ! qu'elle friponnerie,
Qui vit iamais vn tel Docteur?
Il luy monstra l'art d'imposteur
Dont il vsoit pendant sa vie.
Cet esprit desia vicieux,
Se laissant esbloüir les yeux
Par l'espoir de cette apparence,
Resolut d'ennoblir son sang,
Et pour ce dessein vint en France
S'esleuer dans le premier rang.

Le Gentil-homme François.

Il est vray qu'au Siecle ou nous sommes
Bien peruers & bien corrompu ;
Ie ne crois pas qu'on ait connu,
Ny pû voir deux plus meschans hommes.
Et quoy que ie sois affligé,
Vous m'auez si fort obligé
Que faisant de vous grande estime,
Io veux estre de vos amis,
Et vous crier mercy du crime
Que par mesgarde i'ay commis.

Le Venittien.

Afin que rien ne vous eschappe,
Ie vous descris l'assassinat
Dont ce plus qu'infame Prelat
Fit mourir le nepueu du Pape,
Mais differons iusqu'à demain
Vous l'aurez entier dans la main.
Adieu, mon braue Gentil-homme
Apprenez moy vostre logis.

Le Gentil-homme François.

C'est au ieu de Pâume de Rome
Tout contre le petit Paris.

Tout bas

Qui pour lors estoit le Cardinal Pamphilio à presǎt Pape sous le nom d'innocent, X.

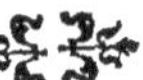

Tout bas.

Mais c'eſt plutoſtau pied de Biche
Proche de la Croix du Tiroir :
Son eſprit propre à deceuoir
Eſt à craindre qu'il ne me triche.
Quoy que s'en ſoit il eſt ſçauant
Veſtu comme vn moulin à vent
Il raconte bien vne hyſtoire,
Demain ie ne manqueray pas
De tirer de luy ce memoire
M'en d'euſt-il couter vn repas.

*Fin du premier entretien du Gentil-homme François
auec le Venitien.*

A
MONSIEVR D. P.
SVR SON HISTOIRE.

SONNET.

VEritable François, dont la plume sçauante
Nous descrit vne Hystoire auec de si beaux vers
Que tu peux obliger mille peuples diuers;
Permes moy de loüer ta peinture viuante,

La moindre des couleurs en est fort esclatante,
Les trais fort bien tirez, & sagement couuers,
Si bien qu'on ne peut mieux nous depeindre vn peruers
Qui fut grand seulement par sa vie insolente.

Lecteur, qui que tu sois, il te faut aduoüer
Qu'on ne peut pas assez, ny dignement loüer
L'admirable ouurier de ce parfait ouurage.

Ny que le digne obiet de son iuste couroux
Ne trouuast vn second banissement plus doux
Que de tous ses deffaux cette naïfue image.

P. D. L. G.